PAUL VALLÈS & ÉDOUARD GARNIER

Les Exploits

de

Monsieur Malichard

VAUDEVILLE EN UN 1 ACTE

DISTRIBUTION

6 H.   4 F.

PARIS

C. JOUBERT, Éditeur, 25, rue d'Hauteville.

C. JOUBERT, Successeur

ÉDITEUR DE MUSIQUE

PARIS. — 25, Rue d'Hauteville, 25. — PARIS

RÉPERTOIRE
DES OUVRAGES DE CONCERT EN UN ACTE

ABRÉVIATIONS : **D.** Veut dire du répertoire de la Société Dramatique, 8, rue Hippolyte Lebas. — Le surplus appartient au répertoire de la Société Lyrique, 10, rue Chaptal.

LOC. Veut dire : La musique n'est qu'en location et ne se vend pas.

Opérettes et Vaudevilles

AUTEURS	TITRES DES ŒUVRES	Hommes	Femm	Prix nets
Saint-Maurice.	Abricot (L') d	troupe	»	loc.
De Campis'ano..	Absalen	1	3	6 »
Vallès-Garnier	Affaire Cœurdeveau (L').	5	1	loc.
F. Bernicat.	Agence Rabourdiu (L').	1	1	5 »
Japy.	A huitaine.	troupe	»	
C. Roland.	Aiguilleur (L') d	1	1	loc.
Bessière-Ruffier	Ami Vandière (L'). d.	7	6	loc.
G. Street.	Amour en livrée (L').	3	1	5 »
Desormes.	Amour et l'appétit (L').	1	1	4 »
Vallès-Garnier..	Amour et sauvetage.	3	2	loc.
A. Petit.	Amoureux d'Yvonne (Les) d	5	3	loc.
V. Roger.	Amour Quinze-Vingt (L')	3	1	4 »
Dottin, Boulay-Layrice.	Amours d'un piston (Les)	3	2	loc.
Desormes.	Antoine et Cléopâtre d..	1	2	4 »
Dorfeuil-Moreau	Après la vie de Bohème d.	troupe	»	loc.
J. Emmecé.	A qui le gosse?.	troupe	»	loc.
M. Chantagne.	Arracheuse de dents (L').	2	1	4 »
Dourel, Roydel, Montjardin	Artistes pour rire d	6	4	loc.
Géraldy.	Ascension du Mont-Blanc (L').	1	1	4 »
Oudot de Gorsse	Au Chat qui pelote d	troupe	»	loc.
Banès.	Au Coq huppé.	3	2	5 »
Lebreton-Moreau	Au temps des cerises d.	5	3	loc.
Guérineau.	Auteur par amour.	1	2	5 »
Lebreton-Moreau	Autour d'une guérite d.	3	2	loc.
Henry Moreau	Avant le bal.	1	1	3 »
Colange, Carofale, Combret	Baba Bouzouck d.	5	6	loc.
Deransart.	Baigneur et nageuse.	1	1	3 »
Leserre.	Barbe-Bleue.	»	2	2 »
Ratcée-Tranchant.	Bataillon Desroches (Le) d	10	10	loc.
A. Moyne.	Béguin d.	2	1	loc.
Wachs	Bibi ou l'Enfant de l'Amour.	1	1	4 »
Moreau-Touzé.	Belle-mère, nouveau jeu.	1	3	loc.
Moreau-Gramet.	Bougnol et Bougnol.	4	2	loc.
Villebichot..	Boum ! Servez chaud.	3	2	4 »
Hubans.	Breland de bègues.	2	1	5 »
D. Bernicot	Cadets de Gascogne	troupe		loc.
Banès.	Cadiguette (La).	1	1	5 »
Javelot.	Calino amoureux.	2	1	5 »
Cellot.	Canne d'un grand homme (La) d	2	2	loc.
V. Herpin.. 3	Capricorne (Le).	troupe	»	loc.
F. Barbier.	Carmagnole (La).	3	3	5 »
Lebreton-Moreau	Carnaval conjugal (Le) d.	9	9	loc.
Chaband, Colange Tranchant	Ce pauvre Bobinet.	2	1	loc.
Chelu.	Chambre à louer.	1	1	2 »
Cuvillier.	Chambre à part d.	»	2	loc.
Henry Moreau.	Chambre de bonne d.	troupe		loc.
V. Roger.	Chanson des Ecus (La).	3	1	4 »
P. Henrion.	Chanteuse par amour (La) d.	»	1	6 »
E. André.	Chaos (Le).	1	1	4 »
Moreau-Boucherat.	Chasse royale d.	troupe	»	
Lebreton-Moreau	Chasseurs Alpins (1es) d.	6	6	loc.
Cieutat.	Chaste Suzanne (La) d.	troupe	»	4 »
Yvel.	Chéri des Dames.	troupe		loc.
Dourel-Roydel.	Chez la Costumière d	troupe	»	loc
Meynard.	Chez le dentiste.	3	1	8 »
Lhuillier.	Chez les Corniquets.	1	1	4 »
C. Rosenquest..	Chicard et Bébé.	1	1	4 »
nier.	Chien et Chat d.	4	1	5 »
Boulay-Layrice.	Choc en retour d	2	2	loc.
Moreau-Gramet.	Cinq contre un	3	3	loc.
Villebichot..	Cirque Ponger's (Le).	troupe	»	6 »
Bessière..	Clou (Le) d.	2	2	loc.
L. Collin.	Coco Bel-Œil	3	1	6 »
A. Petit	Cocotte et chiffonnier	1	1	5 »
Villemer / Delormel / Péricaud	Colosses de Rhodes (Le)	3	»	4 »
A. Petit	Confection pour dames	2	4	5 »
Lebreton-Moreau..	Conscrits bretons (Les) d.	7	5	loc.
L. Collin.	Conscrit tyrolien (Le)	1	1	3 »
Lebreton-Moreau..	Cote et Cocottes.	4	4	3 »
De Roze et d'Arsay	Culotte du marié (scène) (La).	1	»	1 »
Berthelot-Roland.	Daniel dans la fosse aux lions	troupe	»	loc.
Lebreton-Moreau..	Dans cent ans d.	2	11	loc.
Sourilas.	Dégrafée d.	3	3	5 »
L. Lefèvre.	Dernier verre (Le).	2	1	4 »
F. Barbier.	Deux amours de chandeliers.	1	1	5 »
F. Matz.	Deux avares (Les) d.	2	1	8 »
Ch. Hubans.	Deux coqs vivaient en paix..	2	1	6 »
F. Gracia.	Deux estafiers (Les).	2	»	2 »
M. Chantagne.	Deux muses (Les)	3	»	4 »
F. Barbier.	Deux parfaits notaires (Les).	2	»	4 »
Hervé-Lecocq..	Deux portières pour un cordon d	3	»	4 »
Moreau-Boucherat.	Diable au Moulin.	5	8	loc.
Gramet-Talber.	Doigt coupé (Le)	troupe	»	loc.
Saint-Maurice.	Doubles Vierges (Les) d	troupe	»	loc.
Moreau-Gramet	Dragon pour deux.	3	2	loc.
Sourilas.	Drapeau jaune (Le) d.	3	2	4 »
Dottin, Boulay-Layrice..	Durifard	5	2	loc.
J. Domerc.	Ecole buissonnière (L').	3	»	3 »
Yver-Septmons.	Eh ! Ohé ! Ladrupette ! d.	2	»	loc.
Trebla-Croisier.	Elle ! d.	5	1	loc.
Ed. Lhuillier.	Elle débute ce soir..	1	1	4 »
Delaruelle.	El senor Piffardino.	1	1	6 »
Marsay.	En colonne d.	troupe	»	loc.
Lebreton-Moreau,	Enfant des halles (L') d.	3	2	loc.
Jallais Hubans.	Enlèvement des Sabines (L').	troupe	n	loc
Lebreton-Duroc	Enragés d.	4	4	loc.
Villebichot..	Entre deux jardins.	1	1	4
Lebreton-Duroc	Entresol d'Eugène d.	4	6	loc.
Garnier-Vallès.	Erreur de Bridouille (L').	3	2	loc.
Banès.	Escargot (L').	2	3	6 »
A. Pajol.	Esprits d'Argenteuil (Les).	4	3	loc.
D. Dihau.	Eternel roman (L').	1	1	4 »
Garnier-Vallès.	Exploits de Malichard (Les)	5	3	loc.
F. Beauvallet..	Faites le jeu, Messieurs d	3	1	loc.
Moreau-Gramet	Famille Nitouche (La).	3	4	loc.
Lebreton-Moreau.	Farces du Printemps (Les) d.	7	4	loc.
St-Agnan Cholor	Faut du prestige (vaud.) d.	3	2	loc.
Lebreton-Duroc	Faut quo j'casse la g. à Baptiste d	4	3	loc.
Flers.	Femina d	troupe	»	loc.
Ch. Gabet	Femme de Valentino (La) d..	»		loc.
F. Chaudoir.	Fête à Claudine (La).	1	1	4 »
E. Duhem.	Fête à M. le Maire (La).	3	2	4 »
Dorfeuil-Bouvet	Fiancé des Nourrices (Le) d.	troupe	1	loc.
Javelot.	Fiancés berrichons (Les).			3 »

LES

EXPLOITS DE MONSIEUR MALICHARD

PAUL VALLÈS & ÉDOUARD GARNIER

Les Exploits

de

Monsieur Malichard

VAUDEVILLE EN UN 1 ACTE

DISTRIBUTION

6 H.   4 F.

PARIS

C. JOUBERT, Éditeur, 25, rue d'Hauteville.

PERSONNAGES

MM.	LAPOISSE	30 ans.	*mi ouvrier mi rôdeur de barrière.*
	MALICHARD	25 ans.	*homme du monde.*
	JUSTIN		*larbin roublard*
	MOUTON	50 ans.	*juge d'instruction.*
	GIBOULOT	45 ans.	*rentier.*
	PIQUET	60 ans.	*sergent de ville.*
Mmes	COUSINAT		*belle-mère de Malichard.*
	JEANNE		*femme de Malichard*
	JOSÉPHINE		*femme de Giboulot.*
	ROSE		*femme de chambre.*

La scène se passe dans un salon avec baie au fond ; 2 portes de chaque côté ; ameublement riche ; table de jeu d'un côté, guéridon de l'autre.

LES EXPLOITS DE MONSIEUR MALICHARD

VAUDEVILLE EN UN ACTE

Paul VALLÈS et Edouard GARNIER

6 hommes. — 4 femmes.

SCÈNE I

Rose, Justin.

Au lever du rideau Justin époussète en fredonnant et Rose entre de droite tenant un plateau avec un dé-jeuner-café.

Rose

Monsieur n'est pas rentré ?

Justin

Qu'est-ce que ça peut te faire ? Tu n'es pas sa femme, tu es la mienne.

Rose

Ça ne fait rien.

Justin

Si... ça fait...

Rose, *le câlinant et posant son plateau.*

Vilain jaloux !

Justin

J' suis pas jaloux, mais j' veux pas qu'on touche à mon bien.

Rose

Voyons, soupçonner Monsieur... un héros !

Justin

Je m'en méfie, des héros.

Rose, *reprenant son plateau.*

Tiens, tu es ridicule. (*Elle sort à la cuisine*).

Justin

J'aime mieux ça que d'être...

SCÈNE II

Giboulot, Justin.

Giboulot

Justin, il n'est pas rentré ?

Justin

Pas encore. Est-ce que Monsieur est passé au cercle ?

Giboulot

Oui, mais on ne l'y a pas vu.

Justin

Ah ! il n'est pas perdu, un héros, ça se retrouve toujours. (*Il sort*).

SCÈNE III

Giboulot, Mme Cousinat, Jeanne, Joséphine
(*Elles entrent en causant*).

Mme Cousinat

Il n'est pas rentré ?

Giboulot

Pas encore ; je suis allé à l'Epatant, mais personne ne l'a vu. (*A part*) Je commence à croire qu'avec son cercle il nous monte un joli bateau. (*Pendant ce temps les dames se sont assises s'occupant comme on fait au salon*).

Joséphine

Pourvu qu'il ne lui soit rien arrivé.

Giboulot

Que veux-tu qu'il lui arrive ?

Jeanne

-La nuit on peut faire des rencontres.

Mme Cousinat

Rassurez-vous, mon gendre n'a peur de personne. Songez donc, un homme qui repêche des noyés, éteint des incendies, qui s'est battu en duel pour moi !

Giboulot

Malichard s'est battu pour vous ? Mais il est fou !

Mᵐᵉ Cousinat

En voilà un impoli.

Giboulot

Voyons ne vous fâchez pas, mais pourquoi s'est-il battu ?

Mᵐᵉ Cousinat

Un jour d'exposition au Bon Marché, un mal élevé profita de la cohue pour me pincer la taille...

Giboulot

Si ce n'est que ça.

Mᵐᵉ Cousinat

Mais... la taille et ses dépendances. Je me laissai faire pour éviter le scandale. J'appris son nom et son adresse, je les donnai à mon gendre et le lendemain il était mort...

Jeanne

Mais quelle idée de s'être mis de ce cercle !

Mᵐᵉ Cousinat

C'est qu'on y coudoie la plus haute noblesse. Songe donc qu'il passe des nuits avec le duc de Mangemoil'coffre.

Jeanne

Il ferait mieux de les passer avec moi.

Giboulot

Je trouve que madame Malichard a raison.

Joséphine

Oh ! toi, tu ne penses qu'à...

Giboulot

Voyons, que dirais-tu si je te laissais seule ?

Joséphine

Vous n'allez pas vous comparer à monsieur Malichard ? je suppose.

Mᵐᵉ Cousinat

Il n'y en a guère qui pourraient soutenir la comparaison.

Giboulot

Merci...

Mᵐᵉ Cousinat

Tout le monde l'admire : il n'y a que toi, Jeannette, qui n'aies pas l'air de l'apprécier.

Jeanne

Que si, je l'admire aussi, mais il est si ennuyeux...

Mᵐᵉ Cousinat

Ennuyeux ! un homme aussi supérieur... un héros.

Jeanne

Justement, ils ne sont guère amusants les... héros.

SCÈNE IV

Les Mêmes, Rose *puis* Malichard.

Rose, *du fond.*

Voilà Monsieur ! quel bonheur !

Malichard. *grand cache-poussière.*

Vous ne m'attendiez plus. *(Serre la main de Joséphine)* Ma chère Jeanne. *(Il l'embrasse).* Belle maman. *(Il lui baise la main).*

Mᵐᵉ Cousinat

Tous les jours il me baise la main.

Jeanne

D'où viens-tu ?

Malichard, *serrant les mains de Jeanne et de Mᵐᵉ Cousinat.*

D'où je viens ?... Ah ! j'ai bien cru que vous ne me reverriez jamais.

Giboulot, *à part.*

Je parie 10 sous qu'il a encore sauvé quelqu'un.

Malichard

Voilà d'où je viens. *(Il écarte le cache-poussière. Il a ses habits déchirés et son plastron noirci. On voit son caleçon).*

Tous

Mon Dieu !

Malichard

Rassurez-vous, le danger est passé.

Jeanne

Tu es tombé dans le feu ?

Malichard

Tombé, non, mais je m'y suis jeté pour en retirer une pauvre femme et ses cinq enfants.

Giboulot

Et tu les as sauvés.

Malichard

Tous... grâce à mon courage.

Mᵐᵉ Cousinat, *se jetant sur lui.*

Ah ! mon gendre !

Rose, *se jetant sur lui en pleurant.*

Ah Monsieur ! on devrait vous embrasser les pieds.

MALICHARD

Quelle brave fille ! Rose envoyez-moi Justin.

ROSE

Oui, Monsieur. *(En s'en allant)* Une femme et ses enfants, hi ! hi ! hi ! *(Elle sort).*

SCÈNE V

LES MÈMES, **Mᵐᵉ Cousinat.**

Mᵐᵉ COUSINAT

Il ne faut plus vous exposer comme ça.

JEANNE

Il pourrait t'arriver malheur.

MALICHARD

Le devoir avant tout.

JEANNE

Ah ! mon Gaston !.. dis-nous donc comment c'est arrivé *(Les dames se rasseoient formant le demi-cercle comme avant, Malichard au centre).*

MALICHARD

Je sortais du cercle avec le duc ; nous allions nous quitter quand il me dit : Gaston viens-tu avec moi ?

Mᵐᵉ COUSINAT, *avec admiration.*

Vous tutoyez le duc ?

MALICHARD

C'est lui qui me l'a demandé ? Tout à coup voilà des cris, des flammes, des pompiers ! je jette au duc mon chapeau et mon pardessus et j'entre dans la fournaise...

JEANNE

Ciel !

JOSÉPHINE, *à Giboulot.*

Voilà un homme ! celui-là !

MALICHARD

J'y rentrai 5 fois dans la fournaise, et 5 fois j'en sortis serrant dans mes bras une pauvre petite créature. *(Les dames ont les yeux mouillés.)*

JOSÉPHINE

Tu ne dis rien ! tu n'as donc rien là ? *(Elle frappe Giboulot au cœur.)*

GIBOULOT, *à part.*

Quel fumiste !

Mᵐᵉ COUSINAT

C'est à genoux que tu devrais l'adorer.

JEANNE, *se jetant sur lui.*

Ah ! Gaston, comme je suis fière de toi !

MALICHARD

Ma chère Jeanne ! *(Il l'embrasse.)* *(Giboulot parcourt un journal.)*

SCÈNE VI

LES MÈMES, **Justin** *puis* **Rose.**

JUSTIN, *entrant.*

Oh ! comme Monsieur est fait !

MALICHARD

Justin, je vous fais cadeau de ces vêtements.

JUSTIN

Oh ! monsieur est trop bon.

JEANNE

Tu dois être fatigué ?

MALICHARD

Les nerfs un peu abattus. Je vais me changer, prendre un bon bain et il n'y paraîtra plus. A tout-à-l'heure. *(Il sort suivi de Justin.)*

Rose, *entrant avec un bouquet.*

Un bouquet pour la mère de Madame de la part de M. Mouton, le juge d'instruction.

JEANNE

Enfin, il se décide.

Mᵐᵉ COUSINAT

C'est le signal convenu. Il doit venir aujourd'hui même me demander ma main. Rose, qui a apporté ces fleurs ?

ROSE

Un sergent de ville.

Mᵐᵉ COUSINAT

Je vais lui donner cent sous. *(Elle sort.)*

GIBOULOT

Cette bonne madame Cousinat, elle va donc se remarier.

JEANNE

Et ma foi, je n'en suis pas fâchée.

JOSÉPHINE

Elle n'est cependant pas gênante, elle adore ton mari.

JEANNE

Elle l'adore trop ; elle va raconter à tout le monde que Gaston s'est battu pour elle, ça devient ridicule.

GIBOULOT

L'héroïsme a ses inconvénients, ma chère.

JEANNE

M. Giboulot, nous vous laissons un instant. Je vais surveiller le dîner de mon grand homme. Vous venez ! (*Elle sort avec Joséphine*).

SCÈNE VII

Giboulot, Malichard, *tenue de boxe.*

MALICHARD, *entré doucement, au public.*

Je n'ai jamais fait partie d'aucun cercle et je n'ai jamais sauvé personne, mais chaque fois que je trompe ma femme j'invente une action d'éclat ; de cette façon...

GIBOULOT

Dis donc, Malichard, est-ce que vraiment tu fais partie d'un cercle ?

MALICHARD

Oui, de l'Épatant.

GIBOULOT

C'est que... je suis allé t'y demander et on m'a dit qu'on ne te connaissait pas. (*A part*). (Attrappe.)

MALICHARD

On fait la même réponse à tout le monde, c'est le règlement...

GIBOULOT

Mais à Tours quand on vient nous demander...

MALICHARD

Tours n'est pas Paris.

GIBOULOT

Ah ! je m'en aperçois bien, depuis 15 jours que nous sommes chez toi, ma femme n'est

plus la même ; tu l'as fascinée avec tes sauvetages, tes actions d'éclat, enfin grâce à toi mon ménage va tout de travers.

MALICHARD

Giboulot, tu n'es qu'un imbécile !

GIBOULOT, *colère.*

Malichard !

MALICHARD

Je prends le mot dans sa plus haute acceptation.

GIBOULOT

A la bonne heure... mais je ne vois pas. (*Justin entre ; il a des gants de boxe et une paire pour Malichard*).

MALICHARD

Je t'expliquerai ça plus tard, je vais prendre ma leçon de boxe.

SCÈNE VIII

LES MÊMES.

JUSTIN, *donnant les gants.*

Je suis aux ordres de Monsieur. (*Malichard met les gants*) Monsieur y est.

MALICHARD

Voilà et vous savez Justin, pas de ménagements : comme à la caserne.

JUSTIN

Bien Monsieur (*A part*). Comme à la caserne Eh bien ! Attends un peu ! (*Haut, ton bref*). En garde, attention, coup de pied en arrière... Allons.

MALICHARD

Connais pas.

JUSTIN

Silence pendant la leçon. En garde, penchez le corps en avant jambe droite en arrière, la cuisse horizontale...

MALICHARD, *essayant.*

C'est un peu vite, Justin.

JUSTIN

Silence ! Espèce de moule ! Et tâchez de comprendre. — En garde, le corps en avant, équilibre sur la jambe gauche. Je vous dis la gauche, pas la droite, eh ! tête de pioche !

MALICHARD

Justin, soyez poli !

JUSTIN

Silence eh ! pochetée ! la cuisse horizontale.

MALICHARD, *essayant.*

Est-il mal embouché !

JUSTIN

Non, mais r'gardez-moi c't'andouille! Plus haut, la jambe.

MALICHARD

Ah ! mais, à la fin, j'vais vous flanquer à la porte.

JUSTIN, *doux.*

Monsieur m'avait dit : comme à la caserne.

MALICHARD

C'est bon, vous pouvez vous retirer.

JUSTIN

Bien Monsieur. *(Il sort.)*

GIBOULOT

Alors c'est ton domestique qui te donne des leçons de boxe ?

MALICHARD

Parfaitement. Ça ne me coûte rien et j'en apprends plus qu'avec n'importe quel professeur.

GIBOULOT

Comment ça ?

MALICHARD

Grâce à une idée à moi, les attaques subites. Quand je ne m'y attends pas, Justin entre, me tombe dessus et m'oblige ainsi à être toujours sur le qui-vive. .

JUSTIN, *entre en tourbillon.*

Hop ! *(Il tombe en garde.)*

MALICHARD

Hop! *(Il tombe en garde)*, tu vois ?

GIBOULOT

C'est très ingénieux.

JUSTIN

Monsieur est prêt.
(Pendant cette scène Giboulot se tord).

MALICHARD

Allons-y, mais poliment.

JUSTIN

Attention ! parez ! une ! deux ! *(coup de poing.)*

MALICHARD

Aïe...

JUSTIN

Mauvais. Recommençons : une ! deux !
(coup de poing.)

MALICHARD

Ah ! bien non ! en voilà assez.

JUSTIN

Comme Monsieur voudra. *(Il remonte).*

MALICHARD

Il finirait par m'assommer.

JUSTIN, *même attaque que plus haut.*

Hop !

MALICHARD

Hop ! *(ils boxent).*

JUSTIN, *lui envoyant un coup de pied.*

Très bien ! parade magnifique ; impossible de toucher Monsieur.

(Il sort en boxant à vide).

SCÈNE IX

**Malichard, Giboulot, Mme Cousinat
M. Mouton, Rose.**

Mme COUSINAT, *entrant colère.*

Quel goujat ! *(allant à la porte)* qu'est-ce qu'il dit? oh ! c'est trop raide, *(entrant)* venez, mon gendre.

MALICHARD

Où ça ?...

Mme COUSINAT

Il m'a appelée vieux pruneau ? J'espère bien que vous allez le tuer.

MALICHARD

Mais qui ? qui ?

Mme COUSINAT

Le garçon de chez Potin.

MALICHARD

Ah ! ben non !

Mme COUSINAT

Alors je vais le tuer moi-même... vieux pruneau, oh ! *(Elle sort).*

MALICHARD

Me vois-tu en duel avec le garçon de chez Potin ?

GIBOULOT

Tu as déjà tué celui qui lui avait pincé la taille, ça l'a mise en appétit.

ROSE, *annonçant.*

Monsieur Mouton. *(Elle l'introduit et sort).*

MALICHARD

Le juge d'instruction celui qui me débarrassera d'elle.

MOUTON, *entrant seulement.*

Messieurs *(Ils se serrent la main).*

MALICHARD

Soyez le bienvenu, alors c'est dit, vous épousez.

MOUTON

A moins que madame Cousinat.

MALICHARD

Ma belle-mère ! elle est enchantée, ma femme aussi et moi aussi...

MOUTON

Je craignais..., c'est si grave le mariage.

MALICHARD

Bah ! on n'en meurt pas.

MOUTON

On en est des fois malade.

Mme COUSINAT, *entrant et minaudant.*

Bonjour, ami. *(Poignée de main).*

MALICHARD

Mais embrassez-vous.

Mme COUSINAT, *leur montrant la porte.*

Pst...

GIBOULOT

Compris. *(Ils sortent).*

SCÈNE X

Mme Cousinat, Mouton, *puis* **Malichard et Giboulot.**

Mme COUSINAT, *dans les bras de Mouton.*

Enfin seuls !

MOUTON, *il la mène au canapé ou fauteuil.*

Alors vous êtes contente.

Mme COUSINAT

Aux anges, vous dire ma joie en recevant votre bouquet.

MOUTON

Il vous a fait plaisir.

Mme COUSINAT

Je craignais tant de rester veuve ; j'ai été si peu comprise !

MOUTON

Oui je sais...

MALICHARD, *entrant, suivi de Giboulot.*

Peut-on entrer ?

MOUTON

Mais certainement.

MALICHARD

Vous êtes d'accord ?

Mme COUSINAT

Tout à fait d'accord.

MALICHARD

Mon cher ami, je te fais part du mariage de ma belle-mère avec monsieur Mouton.

GIBOULOT

Vous restez avec nous ?

MOUTON, *qui a repris son chapeau.*

Il faut que je rentre, mais je viendrai vers les 10 heures prendre une tasse de thé.

MALICHARD

Entendu ; alors à ce soir. *(Les hommes se serrent la main Mme Cousinat reconduit Mouton et sort avec lui).*

SCÈNE XI

Malichard, *regardant le couple,* **Giboulot.**

Deux jolis tourtereaux.

GIBOULOT, *bien en face.*

A nous deux maintenant !

MALICHARD

Qu'est-ce qui te prend ?

GIBOULOT

Il me prend que j'en ai assez ; que la vie avec ma femme est impossible depuis qu'elle admire ton héroïsme ; alors, moi aussi, je veux faire des actions d'éclat, mais à ta façon.

MALICHARD

A ma façon !

GIBOULOT

Allons, ne fait pas le serin ? il y a assez longtemps que tu te paies nos têtes, je comprends ta chambre en ville, c'est pour préparer tes sauvetages.

MALICHARD

Giboulot !

GIBOULOT

Mais ça saute aux yeux et si les femmes n'étaient pas si... chose.

MALICHARD

Ah ! tu m'embêtes, à la fin !

GIBOULOT, *qui a pris son chapeau.*

Alors à bientôt.

MALICHARD

Où vas-tu ?

GIBOULOT

N'importe où, essayer de sauver n'importe qui en arrêtant n'importe quoi. *(Geste tragique, il sort).*

MALICHARD

En voilà une tuile...

JUSTIN, *entre et boxe.*

Hop !

MALICHARD

Hop ! *(Il tombe en garde).*

JUSTIN

Très bien; impossible de toucher Monsieur. *(Il sort en boxant à vide).*

SCÈNE XII

Malichard, Mme Cousinat, Jeanne, Joséphine *puis* **Rose** *et* **Piqué** *puis* **Giboulot.**

(Les dames entrent en causant ; Mme Cousinat va s'asseoir. Rose apporte thé et gâteaux et les pose).

Mme COUSINAT, *en descendant.*

Oui, Mesdames, la femme frêle et délicate doit s'appuyer sur l'homme et l'enlacer comme le liseron le chêne.

JEANNE, *offrant une tasse à Mme Cousinat.*

Voulez-vous m'aider, Joséphine ?

JOSÉPHINE

Avec plaisir. *(Elle apporte le sucrier)* Combien de morceaux ?

Mme COUSINAT

Quatre seulement.

JUSTIN, *du fond.*

Il y a là un sergent de ville qui apporte un bouquet.

Mme COUSINAT

C'est pour moi ; faites entrer. *(Justin l'introduit et sort).*

PIQUÉ, *entrant.*

Salut, tout le monde. *(À Jeanne)* De la part de monsieur Mouton.

Mme COUSINAT

Donnez, mon ami.

PIQUÉ

Ah ! non pas vous, on m'a dit : pour la belle madame Cousinat.

Mme COUSINAT

Eh bien, c'est moi !

PIQUÉ, *rigolant.*

Ben vous savez, c'est pas écrit sur votre figure. *(Il donne le bouquet).* Salut tout le monde, eh ! ben vrai ..*(Il sort en riant).*

JEANNE

Il fait bien les choses, monsieur Mouton.

ROSE, *du fond.*

Monsieur Giboulot ! !

JOSÉPHINE

Eh bien ! qu'est-ce qu'il a monsieur Giboulot? *(Entrée de Giboulot. Trempé, chapeau aplati, ruisselant).*

JOSÉPHINE

Mais d'où sors-tu ?

GIBOULOT

Du fond de la Seine, arracher à la mort un père de famille, sa femme, et ses sept enfants!

MALICHARD, *à part.*

Il m'a soufflé mon truc. *(Tout le monde s'empresse vers Giboulot qui se trouve mal dans un fauteuil).*

JOSÉPHINE

Comme il est pâle !

Mme COUSINAT

Un peu de cognac ! *(Elle lui en apporte).*

GIBOULOT, *boit.*

Oh ! ça va mieux ; j'ai bien cru que vous ne me reverriez jamais. *(Il boit).*

JEANNE

Mais comment ?

GIBOULOT

Je me promenais tranquillement sur le quai. (*Encore un peu de cognac*). Tout à coup des cris terribles, puis une voix lamentable criant : je n'ai que 63 ans et je ne veux pas mourir ! Au secours ! alors je pensai qu'est-ce que Malichard ferait ? Il les sauverait ! Eh bien moi aussi je les sauverai.

Mme COUSINAT

C'est beau cela !

GIBOULOT

Cinq minutes après j'avais sauvé le père, la mère et les sept enfants ! (*Encore un peu de cognac*).

MALICHARD, *à part*.

Est-il vilain comme ça ?

GIBOULOT, *se levant*.

Ah ! ça va mieux.

Mme COUSINAT

Nous allons vous préparer le billard ; ça vous fera du bien de faire une partie ; venez-vous ? (*Les dames sortent*).

MALICHARD

Dis donc, ton sauvetage c'est une blague.

GIBOULOT

Comme les tiens.

MALICHARD

Voyons, Giboulot, tu ne voudrais pas me trahir.

GIBOULOT

La peine du talion, mon cher, et je te prépare une petite surprise dont tu me diras des nouvelles.

JUSTIN, *annonçant*.

Monsieur Mouton.

MALICHARD, *à Mouton qui entre*.

Nous parlions de vous.

MOUTON, *voyant Giboulot*.

Que vous est-il arrivé ?

MALICHARD

Il s'est jeté à l'eau, il y a une heure et il a sauvé neuf personnes.

MOUTON, *lui serrant la main*.

C'est bien cela.

GIBOULOT, *montrant Malichard*.

Voilà mon maître.

MOUTON, *à Malichard*.

A propos, où donc a eu lieu l'incendie où vous vous êtes si bien conduit ?

MALICHARD

Ma foi, je ne m'en souviens plus...

GIBOULOT

On le saura demain par les journaux.

JUSTIN

Il y a là un homme qui demande à parler à Monsieur.

MALICHARD

Demandez-lui son nom, et faites entrer.

JUSTIN, *après un temps*.

Monsieur Lapoisse. (*Il sort*).

SCÈNE XIII

LES MÊMES, **Lapoisse,** *puis* **les dames.**

LAPOISSE, *entrant*.

Puisqu'il est mon sauveur !

MOUTON, *à Lapoisse*.

Vous demandez sans doute M. Malichard.

LAPOISSE

Oui, mon sauveur.

MALICHARD

C'est moi.

LAPOISSE, *à genoux*.

Laissez-moi vous remercier (*il tâte les poches*) comme le bon Dieu. (*Il palpe la chaîne*) cristi ! la belle chaîne.

MALICHARD

Mais qui êtes-vous ?

LAPOISSE, *se relevant*.

Je suis le mari de la femme que vous avez sauvée du feu avec ses cinq enfants.

MALICHARD

(*A part*) Elle est raide, celle-là. (*Haut*) Alors... c'est vous le mari.

LAPOISSE

Oui le mari de Zoé Lapoisse, ouvrière, et de ses cinq enfants en chemise.

MALICHARD

Mais qui vous a dit mon nom ?

LAPOISSE

C'est le duc.

MALICHARD

Le duc ! *(Se reprenant)*. Ah oui, en sortant du cercle.

LAPOISSE

C'est ça, le duc de Mangemoilecoff. Et dire que sans lui j'aurais pas pu vous remercier, *(Il se jette sur lui et tâte la chaîne. A part)*. Si la toquante est pareille c'est rien du bath.

Mme COUSINAT

Alors vous n'avez plus rien ?

LAPOISSE

Oui, Madame, brûlé d'à ce matin nous n'avons plus rien.

JEANNE

Tiens, mon ami, donne cela à ce malheureux. *(Elle lui donne un louis.)*

Mme COUSINAT

Avec ça ! *(même jeu)*.

JOSÉPHINE

Et ça aussi *(même jeu)*.

LAPOISSE, à part.

Elles casquent, y a du bon.

Mme COUSINAT

Vous savez que le billard vous attend.

MOUTON

A vos ordres, chère madame. *(Les dames Mouton et Giboulot sortent)*.

SCÈNE XIV

Malichard, Lapoisse.

Dites donc, c'est Giboulot qui vous a envoyé ici ?

LAPOISSE

Oui il m'a donné sa carte, il m'a dit que c'était pour rigoler.

MALICHARD

Eh bien, écoutez.

LAPOISSE

Pardon, d'abord la galette que les dames vous ont donnée pour bibi.

MALICHARD

Ah oui ! voici.

LAPOISSE

60 balles ! chouette.

MALICHARD

Voulez-vous gagner 100 fr. ?

LAPOISSE

Quoi qu'il faut faire ?

MALICHARD

Voilà ! Tout-à-l'heure, je vais sortir avec Giboulot ; une fois vers l'Opéra je reste en arrière pour allumer un cigare ; alors, vous en profitez pour lui tomber dessus, en blague quoi...

LAPOISSE

Je comprends ben, mais qu'est-ce qui faudra lui faire ?

MALICHARD

Oh, rien !

LAPOISSE

Rien. Ah ! ben ! non ! c'est pas assez ! Voulez-vous qu'on lui fasse le tournebroche ? la semelle ? la gueule de singe ?...

MALICHARD

C'est que... je n'ai guère l'habitude...

LAPOISSE

Je vois ce qu'il vous faut : un simple rembourrage.

MALICHARD

Un rembourrage ?

LAPOISSE

Une demi-douzaine de coups de tampons par-ci, par-là, en douceur, quoi.

MALICHARD

C'est ça... il criera au secours, j'arriverai en courant et vous vous sauvez.

LAPOISSE

Et vous aurez l'air de l'avoir sauvé. Bath ! aboulez le pognon...

MALICHARD

Voilà 50 fr. ; le reste... après l'opération.

LAPOISSE

J'ai confiance. Entre hommes d'honneur. *(Palpant chaîne et gousset.)* Quelle heure donc qu'il est ?

MALICHARD

Dix heures.

LAPOISSE, *pelottant la montre.*

En vlà une chouette toquante ; elle vaut au moins mille balles.

MALICHARD

Je l'ai payée 2000, mon ami.

LAPOISSE, *la lâchant.*

Je m'y connais ; j'en ai fait des toutes pareilles

MALICHARD

Alors, c'est convenu.

LAPOISSE

Soyez tranquille ; vous aurez de l'ouvrage bien faite. *(Il sort.)*

SCÈNE XV

Malichard, Mouton, Giboulot, les Dames.

MOUTON, *à Giboulot, derrière les dames qui sont entrées.*

Mon cher Giboulot, vous n'êtes pas de force.

Mme COUSINAT

Si nous faisions une petite partie. *(Elles s'installent à la table de jeu.)*

MALICHARD

C'est ça. Monsieur Mouton vous tiendra compagnie ; moi je vais aller prendre l'air. Tu viens, Giboulot ?

GIBOULOT

Volontiers, il fait une chaleur.

MALICHARD

Mesdames, à tout à l'heure. *(Ils sortent).*

SCÈNE XVI

Les Dames, Monsieur Mouton *qui allume un cigare.*

JEANNE

A quoi jouons-nous ?

Mme COUSINAT

Au berlingot comme l'autre jour.

JEANNE, *donnant les cartes.*

Qu'est-ce que nous jouons ?

JOSÉPHINE

Nous jouons l'honneur.

Mme COUSINAT

C'est trop peu de chose ; jouons six sous.

JOSÉPHINE

Accepté ! Donnez les cartes.

JEANNE, *à Mme Cousinat songeuse.*

Voyons, maman... à quoi penses tu donc ?

Mme COUSINAT

Je pense à ce pauvre homme que ton mari a sauvé.

MOUTON

C'est singulier, j'ai beau lire les journaux ils ne parlent jamais des sauvetages de monsieur Malichard.

JEANNE

Mais puisqu'il ne veut pas être connu.

MOUTON

C'est trop de modestie.

SCÈNE XVII

LES MÊMES, **Malichard, Giboulot, Justin, Rose, Piqué, Lapoisse.**

(Malichard est soutenu par Giboulot, Justin et Rose ; il a un œil poché et son chapeau aplati.)

TOUS, *se levant.*

Oh !

(On asseoit Malichard, les dames s'empressent autour de lui, Justin et Rose sortent).

MALICHARD, *à part.*

Il m'a volé ma montre !

GIBOULOT

Et dire que c'est à cause de moi. Il m'a sauvé la vie.

MALICHARD, *à part.*

C'est moi qui ai reçu le petit rembourrage.

MOUTON

C'est inouï, en plein Paris, je vais de suite déposer une plainte.

MALICHARD, *à part.*

Ah mais non ! *(Haut)* Mon cher juge, j'aime autant qu'on fasse le silence sur cette affaire.

MOUTON

On ne devrait jamais sortir sans son revolver.

GIBOULOT

Pour attraper quinze francs d'amende ; il n'y a que les voleurs qui aient le droit d'être armés.

MOUTON

A ce compte-là...

MALICHARD

Si nous étions à leur place, nous ferions comme eux.

MOUTON

Vous avez des théories....

ROSE

Madame, il y a là un sergent de ville avec l'homme de ce matin, celui aux sept enfants.

PIQUÉ, *en coulisse.*

Voulez-vous marcher !

LAPOISSE, *en coulisse.*

Poussez pas, hein !

MALICHARD, *à part.*

Mon voleur ! je suis perdu !

PIQUÉ, *entrant en poussant Lapoisse.*

Par ici.

LAPOISSE

Je connais la boîte mieux que vous. (*Saluant*) Messieurs, mesdames, je suis le vôtre. (*Tendant la main à Malichard*) Eh bien ! j' crois qu' c'est de l'ouvrage bien faite !

JEANNE

Mais qu'est-ce qu'il a fait ?

PIQUÉ

C'est le filou qui a attaqué ces messieurs.

LAPOISSE

Tâchez d'être poli, hein !

MOUTON

Comment ! c'est lui ?

LAPOISSE

Sans leur zi faire de mal ; je m'en rapporte à ces messieurs.

Mᵐᵉ COUSINAT, *à Malichard.*

Un homme que vous avez sauvé.

JOSÉPHINE, *à Lapoisse.*

Vous devriez rougir, brigand que vous êtes !

LAPOISSE

Je suis sûr que le Monsieur y m'en veut pas.

MALICHARD

Certainement. (*A Lapoisse*) Monsieur est juge d'instruction et va arranger ça.

LAPOISSE, *à l'agent.*

Quand je te disais que tu faisais une gaffe !

MOUTON

Je vais l'interroger de suite. (*Il s'installe à une table. A droite les dames s'asseyent et Lapoisse est bien en vue sur la gauche ; les hommes assis à gauche*).

MOUTON

Approchez. (*Lapoisse s'approche*). Pas si près.

MOUTON

Votre nom ?

LAPOISSE

Jules-Ugène Lapoisse, dit Fleur de Plumard. C'est les femmes qui m'appellent comme ça.

MOUTON

Qu'est-ce que vous faites ?

LAPOISSE

Un peu de tout, j'ai pas de préférence.

MOUTON

Avez-vous déjà été condamné ?

LAPOISSE

Quelquefois, je sais pas au juste.

LES DAMES

Oh ! Quelle horreur !

MOUTON

Vous reconnaissez avoir attaqué et dépouillé monsieur Malichard ici présent ?

LAPOISSE

Parfaitement !

MALICHARD

Je dois dire que je ne reconnais pas Monsieur.

LAPOISSE, *à l'agent.*

Quand je te disais, c'est lui qui va me défendre.

MALICHARD

Monsieur le Juge, il vaudrait mieux en rester là.

MOUTON

Pourquoi cela ?

MALICHARD

Voyons, condamner pour une peccadille, un homme dont j'ai sauvé la femme et les cinq enfants.

MOUTON

Il vous a volé votre montre, votre portefeuille et vous appelez ça une peccadille !

LAPOISSE, *tapant sur le ventre de l'agent.*

Non, mais crois-tu qu'on rigole !

GIBOULOT

Quel voyou !

LAPOISSE

Voyou ! mais tu t'es pas regardé, eh ! raclure ! *(A Malichard)* Si on m'insulte je vas manger le morceau.

MALICHARD

On ne vous demande rien. *(Au juge)* J'espère que vous n'allez pas croire cette fripouille.

LAPOISSE

Il m'a appelé fripouille ! Attends un peu, gros sac. *(Au juge)* La vérité, mon juge, c'est qu'il m'a donné cent balles pour attaquer son copain et lui casser la burette pendant qu'il faisait semblant d'allumer un cigare. C'est y vrai ça ? mais réponds donc, eh ! tourte ! *(Il veut s'élancer, l'agent le retient).*

JEANNE, *à Malichard.*

Mais réponds-lui donc !

GIBOULOT

Comment ! tu voulais me faire casser la...

LAPOISSE

Oui, la burette et si je l'avais écouté, je vous défonçais la cafetière pour qu'il aie l'air de venir à votre secours ; eh ben ! ça m'a dégoûté, et c'est lui que j'ai arrangé.

GIBOULOT

Quel honnête homme tout de même !

MALICHARD

Et mes cent francs, canaille !

Tous, *les dames se lèvent.*

Oh !

LAPOISSE

Vous voyez, hein ! je lui fais pas dire.

JEANNE

Ainsi, vous avouez...

MALICHARD

C'était une blague, une simple farce.

GIBOULOT, *se levant.*

Tu appelles ça une blague, me faire casser la burette.

MALICHARD

C'est toi, le premier, qui as donné cinquante francs à ce voyou pour qu'il vienne me remercier comme son sauveur.

LAPOISSE

Ça c'est vrai !

JEANNE

Alors il n'a pas sauvé votre femme, vos enfants ?

LAPOISSE

Il n'a sauvé que la peau...

Mme COUSINAT

Je crois qu'on ferait mieux d'arranger l'affaire.

LAPOISSE

C'est encore la vieille la plus chouette.

MOUTON

Mais enfin il vous a volé, qu'il vous rende au moins votre montre.

MALICHARD

J'en fais le sacrifice.

LAPOISSE

Vous voyez tout le monde y met du sien.

MOUTON

Quant à vous, je vous conseille de filer maintenant.

LAPOISSE

Avec plaisir, mon juge, mesdames, messieurs, à la revoyure ! *(A Piqué)* Eh ! ben vieux ça t'la coupé, hein ! *(Il sort).*

(Altercation en coulisse).

MALICHARD, *remontant.*

Qu'est-ce que c'est.

LAPOISSE, *rentrant.*

C'est le cocher de Monsieur le juge qu'a peur d'être filouté, vu que la maison à deux sorties.

TOUS

Ho ! ho ! Allez ! allez ! Ouste !

COUPLET FINAL

AUTEURS	TITRES DES ŒUVRES	Hommes	Femmes	Prix nets
Soulié	Fiancés du bonnet de coton (Les)	1	1	5 »
L. Vasseur	Fichue idée d	2	1	5 »
Brigliano-Talber	Fichue situation d	troupe	»	loc.
Liouville	Fièvre phylloxérique (La)	3	2	4 »
Berthe	Fille du charpentier (La)	3	1	5 »
Lebreton-Moreau	Fille du marin (La) d	8	7	loc.
Lebreton-Soudant	Filles de la Cantinière (Les) d	troupe	»	loc.
Lebreton-Moreau	Fils à Papa (Le) d	troupe	»	loc.
Chaulieu et Battaille	Fils de M. Alphonse (Le) (vaud.) d	troupe	»	loc.
Duroc-Mailfait	Five O'Clock de la Baronne	7	2	loc.
Villebichot	Fleuriste et typographe	1	»	5 »
Lebreton-Talber	Foire aux nichons (La) d	7	7	loc.
Pradels-Quinel	Fosse aux ours (La)	troupe	»	loc.
Divers	Françoise les bas bleus d	troupe	»	loc.
Lebreton-Deissier	Frangine (La)	troupe	»	loc.
Divers	Fantrognon d	8	11	loc.
Lebreton-Moreau	Frère de lait (Le)	1	2	4 »
Carin-Tomy	Friper's and Cᵒ d	troupe	»	loc.
Lebreton-Moreau	Friquet d	9	7	loc.
Cieutat	Furet (Le)	»	1	4 »
Moreau-Touzé	Gai gai mariez-vous !	4	3	loc.
Divers	Gavroche et Loup de mer	1	1	loc.
Froyez-Colias	Grand Duc Moleskine (Le) d	6	6	loc.
Lefort	Grand papa de la chanson (Le) d	:	1	3 »
Lebreton-Blairat	Grenouille (La) d	4	2	loc.
Moreau-Marcus	Grève des facteurs (La)	2	2	loc.
M.-Brisac	Guerre aux hommes (La) d	6	7	loc.
Lebreton-Nicolaï	Gueule d'Or d	6	6	loc.
Lebreton-Moreau	Héritière de Carapattas (L') d	8	8	loc.
Villebichot	Hirondelles de la rue (Les)	»	2	3 »
Lebreton-Blairat	Homme pâle (L') d	2	1	loc.
Lebreton-Duroc	Hôtel d'Artistes d	troupe	»	loc.
Lebreton-Duroc	Hôtel de Noblepanne d	4	4	loc.
Barantière et Bouvet	Hôtel du lac bleu (L') d	7	6	loc.
Dourel-Jost	Hôtel modèle d	7	7	loc.
Autigeon-Dourel	Hypnotiseur malgré lui (L') d	3	2	loc.
Moniot	Jacotte	1	1	5 »
Liger-Aubrun	J'ai perdu Virginie	3	1	loc.
Nargeot	Jeanne, Jeannette et Jeanneton d	2	3	8 »
Michiels	Jefque et Trinne	1	1	4 »
Lebreton-Soudan	J'épouse ma bonne d	5	4	loc.
A. Perronnet	Je reviens de Compiègne	»	1	4 »
Bernicat	Jeunesse de Béranger (La)	3	1	6 »
Lebreton-Moreau	Jocrisses du mariage (Les) d	troupe	»	loc.
B. Lebreton	Joies du divorce (Les) d	troupe	7	loc.
L. Collin	Journée aux soufflets (La)	1	1	4 »
Herpin	Ki-Ki-Ri-Ki d	troupe	»	loc.
Robillard	La vengeance de Ramoli	2	1	4 »
Desormes	Leçon de musique (La)	1	1	4 »
J. Clérice	Léda d	troupe	»	loc.
Cazaneuve	Loi du pal (La) d	troupe	»	5 »
Herpin	Lune de Miel (La) d	4	1	loc.
Moreau-Gramet	Ma Colonelle	2	2	loc.
Clairville fils	Madame la baronne d	1	1	4 »
Wachs	Madame le docteur	2	1	4 »
V. Roger	Mademoiselle Louloute	2	2	5 »
Bessière-Marinier	Maire et Martyr d	3	2	loc.
Talexy	Maître Grelot	3	2	7 »
Bouvet	Major Purjotin (Le)	4	3	loc.
Moyne-Jacoutot	Mamzelle Claudinette d	3	2	loc.
T'ar Nemw Celval	Mamzelle Culot	troupe	»	
De Lajarte	Mam'zelle Pénélope d	3	1	7 »
Fransois	Mandat (Le) d	troupe	»	lo.
Jouhaud	Mariages riches	1	1	3 »
Moniot	Marianne et Jeannot d	1	2	8 »
Tollet	Marié sans l'être	4	3	»
Moreau-Duroc	Maris jaloux (Les)	5	2	loc.
Simiot	Mariés de Nanterre (Les)	1	2	4 »
Gresset-Bernard	Méfiez-vous d'Oscar d	2	2	loc.
E. André	Melon (Le) (monologue saynète)	1	»	2 »
Moreau	Ménage Poire	troupe	»	loc.
Desormes	Menu de Georgette (Le)	3	2	8 »
Ch. Gabet	Mérite des femmes (Le) d	4	4	loc.
Moreau-Boucherat	Médjidié (Le)	2	2	loc.
Soudant	Mimi Vadrouille	troupe	»	
Lebreton-Moreau	Miss Kissmy d	5	5	loc.
Beissier	Miss Million d	troupe	»	loc.
Bessier-Moreau	Môme aux Camélias (La) d	troupe	»	loc.
Bessière-Ruffler	Môme aux grands yeux (La) d	8	6	loc.
Chassaigne	Monsieur Auguste d	1	1	3 »
Garnier-Vallès	Monsieur ma belle mère	2	3	loc.
Lebreton-Moreau	Monsieur Sans Gêne d	troupe	»	loc.
Blairat-Neuzillet	Mouche (La) d	troupe	»	loc.
Moreau-Touzé	Mouche du Coche (La)	4	2	loc.
Joly	Myope et presbyte d	1	1	4 »

AUTEURS	TITRES DES ŒUVRES	Hommes	Femmes	Prix nets
Desormes	Nègre de la Porte St-Denis (Le)	3	3	3 »
E. Lhuillier	Nez enchanté (Le)	1	1	3 »
Dorfeuil-Moreau	Le Nez de Cyrano d	troupe	»	loc.
Herpin	Noce à Grospoulot (La)	5	7	loc.
F. Barbier	Noce à Suzon (La)	1	1	4 »
L. Collin	Noces d'or (Les)	2	1	5 »
Moreau-Gramet	Nos petites Chattes	3	5	loc.
Dorfeuil-Guillemand-Duharnois	Nos pioupious d	troupe	»	loc.
Lebreton-Moreau	Nos voisins d	»	6	loc.
V. Roger	Nourrice de Montfermeil (La)	2	3	6 »
Ch. Gabet	Nouvel Achille (Le) (vaud.) d	3	1	loc.
Touzé Prud'homme	Nuit de Noces de Beauflanchet	6	1	loc.
Jacobi	Nuit du 15 octobre (La) d	3	4	6 »
Dédé fils	Oncle et Neveu	3	»	3 »
Louis Bouvet	Oncle Maboulin (L')	4	4	loc.
Bessière-Ruffler	Ordonnance Bezuchet (L') d	troupe	»	loc.
Berthelot Roland	Othello chez Thaïs d	3	5	loc.
Dufils	Paille et la Poutre (La)	»	2	6 »
Billemont	Pantalon de Casimir (Le)	1	1	6 »
A. Petit	Par autorité de Justice d	5	3	loc.
Corfeuil-Moreau-Dédé	Paris aux Courses d	8	8	loc.
F. Barbier	Par la fenêtre	1	4	4 »
J. Walter	Par la Gymnastique d	2	1	loc.
Henry Moreau	Partie de Campagne d	troupe	»	loc.
Ed. Lhuillier	Pasquinette	1	1	3 »
Bénédite-Jauconrt	Le pays Vierge d	troupe	»	loc.
Perrault-Maty	Perruche de ma femme (La) d	4	3	loc.
Tréblat-St-Cyr	Personne (drame en 5 minutes)	2	1	1 »
L. Collin	Petit Spahi (Le)	3	3	5 »
Lebreton-Moreau	Petite baronne (La) d	troupe	»	loc.
Linas	P'tite bête vit encore (La) d	1	1	4 »
Lebreton-Moreau	Petite colonelle (La) d	8	3	loc.
id.	Petites Menichons (Les) d	troupe	»	loc.
A. Petit	Petits lapins (Les) d	troupe	»	loc.
Maurey et Jimbu	Petits Trottins (Les) d	5	6	loc.
J. Clérice	Phrynette d	troupe	»	loc.
A. Alavoine	Plumechat et Cie d	4	6	loc.
F. Barbier	Points jaunes (Les)	1	1	5 »
Cinoh-Verdellet	Pompier d'Endoume (Le)	5	2	loc.
Gresset-Bernard-Letorey	Pompier d'Ernestine (Le) d	2	2	loc.
Autigeon-Dourel	Poste restante 222 d	4	3	loc.
F. Barbier	Poupée automate (La)	1	1	4 »
Fay	Pour qui le gosse ?	2	3	loc.
A. Lambert	Première brouille (La) comédie	»	1	1 »
F. Barbier	Premières armes de Parny (Les)	1	3	5 »
Moreau	Professeur de chant (Le)	1	1	3 »
De Ste-Croix	Pygmalion d	1	2	6 »
Garnier-Héros	Queue du Diable (La) d	troupe	»	loc.
Delilia-Héros	Qui va à la Chasse	2	2	loc.
L. Collin	Qui se dispute s'adore	1	1	4 »
Villebichot	Réponse du Berger (La)	1	1	4 »
Jacontot	Retour de Kerdrec (Le)	troupe	»	4
Meugé	Retour de Margotte (Le)	1	1	4 »
Roques	Retour de Mars (Le)	1	2	4 »
L. Collin	Retour de Musette (Le)	1	1	4 »
Autigeon-Dourel	Revanche de Verluisant (La) d	5	2	loc.
Ch. Thony	Robes et Manteaux d	5	4	loc.
F. Chaudoir	Roi Claquette (Le) d	3	3	6 »
Briollet-Yvel	Roi koku (Le) d	troupe	»	loc.
Desormes	Roland furieux	3	1	5 »
L. Desormes	Romance impossible (La)	2	»	2 »
Ch. Gabet	Rosière de Valentino (La) d	3	1	loc.
Michiels	Rosière d'Interlaken (La)	1	1	4 »
Ch. Gabet	Ruy Black (v.) d	troupe	»	loc.
Claments	Saint-Yvon (La) d	2	1	5 »
Ch. Lecocq	Sauvons la caisse d	1	1	6 »
Marat-Felvre-Bonamy	Septième Escouade (La) d	9	7	loc.
R. Planquette	Serment de Mᵐᵉ Grégoire (Le)	1	1	8 »
Lebreton-Soudan	Serment du marin (Le) d	4	2	loc.
Lebreton-Moreau	Signe de Léda (Le) d	troupe	»	loc.
Ouvier	Simone et Boquillon	2	1	5 »
Lebreton-Duroc	Soir de Noce d	4	4	5 »
Mailfait	Soirée bourgeoise	2	2	loc.
Leserre	Soirée d'amateurs. saynète	5	»	1 »
Lebreton-Moreau	Soldat !	troupe	»	loc.
Gresset	Souffleur par amour d	3	1	loc.
Meyan	Soupirs du cœur	2	3	5
Ch. Malo	Souviens-toi de Clémentine	2	1	i
Moreau-Darsay	Spiritisme des Familles	4	4	i
Tac-Coen	Suzette, Suzanne et Suzon	1	3	loc.
Wachs	Tata chez Toto	2	1	4 »
Lempereur et Pimard	Témoin (Le)	3	1	loc.
Chassaigne	Toc	2	2	4 »

Livrets d'opéras et opéras-comiques, net : 2 fr. — Livrets d'opérettes, net : 1 franc.

Pour la location de l'orchestre ou l'abonnement, s'adresser à l'Editeur

AUTEURS	TITRES DES ŒUVRES	Hommes	Femmes	Prix net
Hervé	Toinette et son carabinier	2	1	5 »
Bessier-de Gorsse	Tonton d	3	3	6 »
Wachs	Totor et Titine	2	1	loc.
Hubans	Tour de Moulinet (Le) d	2	1	4 »
Cartier	Train des Maris (Le)	2	1	8 »
Moreau-Duroc	Tranquil'hôtel	5	4	4 »
Moreau-Darsay	Trente mille francs par an	2	2	loc.
Ch. Gabet	Trésor des Dames d	troupe	»	loc.
Lebreton-Moreau	Treize jours d'un Parisien (Les) d	troupe	»	loc.
id.	Treizième spahis (Le) d	troupe	»	loc.
id.	Trio de troupiers d	troupe	»	loc.
Lebreton Téramond	Trois Gosses (Les)	4	4	loc.
Lebreton-Moreau	Trois Maçons (Les) d	4	2	loc.
Lambert-Lebreton	Truc du Pharmacien (Le)	4	1	loc.
L. David	Tu l'as voulu d	3	1	5 »
Héros Jost	Tzigane dans les Ménages (La) d	troupe	»	loc.
Javelot	Un amour d'épicier	2	1	4 »
P. Henrion	Un charcutier dans les fers	1	1	4 »
Chassaigne	Un Coq en jupons	1	1	4 »
Banès	Un do malade	2	1	5 »
Wachs	Un domestique pour rire	1	1	4 »
Moreau-Gramet	Un dragon pour deux	3	2	1 »
G. Laurens	Un futur sur le gril	2	1	4 »
Ch. Malo	Un gendre à poigne	2	2	5 »
Pericaud	Un hercule qui ne veut pas se rouiller	2	1	4 »
Cambillard	Un mariage à la force du poignet	1	1	3 »
Ch. Malo	Un mariage au flageolet	1	1	4 »
Dauphin	Un mariage en Chine d	4	1	6 »
Bernicat	Un mari à l'essai	1	1	4 »
Pericaud	Un mari en grande vitesse	3	1	4 »
L. Collin	Un mauvais conscrit	2	»	4 »
Chassaigne	Un 1er jour de ménage	1	1	4 »
F. Barbier	Un souper chez Mlle Contat	»	2	5 »
Bernicat	Une aventure de la Clairon	2	2	5 »
Lebreton-Blairat	Une Consultation d	4	3	loc.
Garnier-Vallès	Une Corbeille de Noce	5	3	loc.
E. André	Une drôle de Marquise	2	1	3 »
Claments	Une étoile d'antichambre d	2	1	5 »

AUTEURS	TITRES DES ŒUVRES	Hommes	Femmes	Prix net
Jouhaud	Une femme du quart du monde	2	»	4 »
Villebichot	Une femme qui bégaie d	3	»	6 »
L. Roques	Une femme tombée du Ciel	1	1	5 »
Villebichot	Une fille à trucs	3	1	4 »
Liouville	Une fille en loterie	2	»	4 »
Touzé-Monjardin	Une intrigue chez les Mouchamiel	2	»	loc.
Desormes	Une lune de miel normande	1	1	4 »
L. Collin	Une mariée sans mari	1	»	4 »
Ed. Lhuillier	Une marine à vapeur	1	8	3 »
Desormes	Une mauvaise connaissance	3	»	5 »
Moreau-Darsay	Une mauvaise nuit	2	2	loc.
Ch. Gabet	Une nourrice sur lieu d	2	4	loc.
Moreau-Dorfeuil	Une nuit de Paris d	troupe	8	loc.
Duhem	Une partie à Robinson	2	»	4 »
Wachs	Une pleine eau à Chatou	2	»	4 »
Bernicat	Une poule mouillée	1	1	4 »
De Paniagua	Une sale Histoire d	2	2	loc.
Chassaigne	Une table de café	2	»	4 »
Robillard	Une tempête conjugale	1	»	4 »
Liger-Aubrun	Urticaire (L')	4	1	loc.
R. Planquette	Valet de cœur	1	1	4 »
J. Walter	Végétariens (Les) d	troupe	1	loc.
Robillard	Vengeance de Ramolli (La)	2	2	4 »
L. Roques	Vénus infidèle (retour de mars) d	1	2	4 »
Moreau-Boucherat	Vert galant	6	1	loc.
Lebreton-Moreau	Vierges du chahut (Les) d	troupe	1	loc.
Desgranges	Vieux Sorcier d	3	3	loc
Burani-Planquette	Vingt-huit jours de Champignolette d	6	1	loc.
Ratcée-Corbeau	Vive la Classe d	7	8	loc.
Norman-Vallès	Vive les Bleus	7	4	loc.
Chaudoir	Voilettes magiques (Les)	1	1	5 »
Lebreton-Moreau	Vocation d'Isaline (La)	1	2	4 »
Jacobi	Voilà l'plaisir, mesdames	2	2	4 »
Ch. Hubans	Voiture à vendre d	2	4	loc.
Lebreton-Moreau	Volontaire de 92 (Le) d	troupe	4	4 »
Tac-Coen	Volontaire et vivandière	1	2	1 »
P. Talber	Volupté des dames (La)	4	3	loc.

Livrets d'opérettes et de vaudevilles, net : 1 franc.

Pour la location de l'orchestre ou l'abonnement, s'adresser à l'Éditeur.

POUR LES GRANDS OUVRAGES DU RÉPERTOIRE

CONSULTER LE CATALOGUE SPÉCIAL DES

OUVRAGES DE THÉATRE

QUI EST ENVOYÉ FRANCO SUR DEMANDE

MM. les Directeurs sont priés de s'adresser à l'Éditeur pour le conducteur et les parties d'orchestre ainsi que pour le service des pièces nouvelles.

Des envois de livrets à choisir sont faits sur demande en port dû aller et retour.

Vannes. — Imp. Lafolye. — 651-1900.